我的刺碰到會痛。

我一直這樣認為。

大家都這麼說：
「你的刺，碰到了會痛吧？」
所以我也覺得，
我的刺碰到是會痛的。

但是，我交到了朋友，

也擁有了家人。

我才發現……

我的刺並不痛。

刺蝟的刺不痛

作者——shin5
譯者——陳翔

目錄

第一章

大家都不喜歡我

不喜歡我就不要理我嘛，
不要碰我，
從一開始就不要接近我。
我縮成一團、窩在角落，
一直一直等待，
等待討厭的事情過去。

我一直一直
把自己關在黑暗的地方，
逃進去是為了不讓自己被別人找到，
為了等待那些事情過去。

但是，
我想要逃離的到底是什麼呢？
到底是什麼事情會過去呢？
大家真的討厭我嗎？

我根本不知道其他人在想什麼。
我這麼想著，於是試著走到戶外。

即使這是為了逃離也好，
是為了什麼理由都好。

以往都把自己關在暗處的我，
像是要逃離黑暗的每一天那樣，
走到了戶外。

風很涼，
太陽很刺眼。

有螞蟻，
努力地在搬運食物；

也有小狗，
和飼主親密地在散步。

在那裡，我發現，
我並不是被大家討厭著。

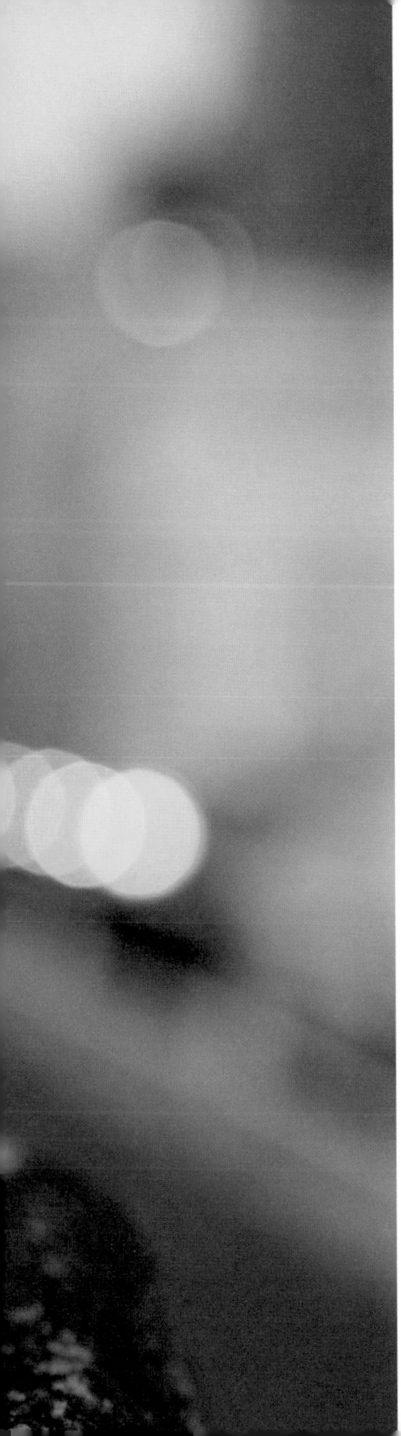

也不是大家討厭我，

討厭的人是我，

是我一直在討厭我自己。

插曲 1

我曾經很討厭我自己。我總是一個人。

我曾經被很重要的朋友背叛、被排擠，變得無法相信任何人，不接家人的電話，也不回家。只想一個人獨處。

想一個人獨處的時候，我會遠離電腦與手機，就只是一直看海。映入眼裡的景色沒有什麼太大變化，耳裡聽到的海浪聲也有著一定的頻率，我就這樣一個人坐在海邊。把不好的事情都怪罪在自己身上，剜著心上的傷口，在沙灘上躺下來望著天空。

只要這樣做就可以變得孤獨，並能夠把腦中思緒清得一乾二淨。

一個人待得膩了就走進城裡，那裡人山人海，摩肩擦踵，充滿著無心但傷人的話語。

我害怕自己的失敗，若是看到別人失敗就會暗自竊喜，為了不被追究過錯而去追究他人的過錯，持續著這樣糟糕的日子。

就在這個時候，我遇見了很重要的人。我花了許多時間，和他說

了到目前為止的所有事情。我也聽他說了許多話。

突然間，壓在肩上的大石頭消失了，我發現了：

我想要去愛人，然後被愛，無條件地把自己交給一個人。

我想要一個拼性命也要守護的存在，以及那種被守護的安心感。

我結了婚、成了家，度過許多事情；在這過程中，我總是把這樣的自己和刺蝟的身影重疊在一起。

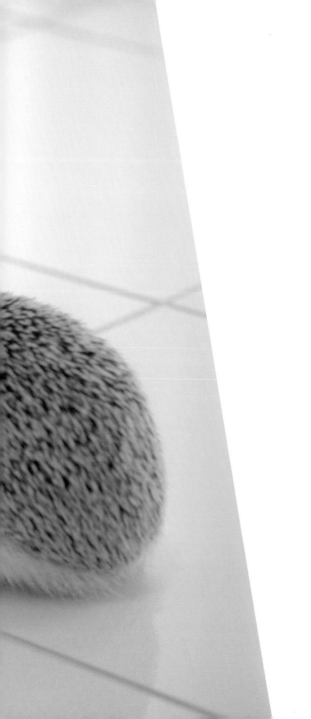

第二章

不喜歡自己的我
有辦法相信自己嗎

我真的很害怕「相信」這件事，
不管是相信自己，
還是去相信誰。

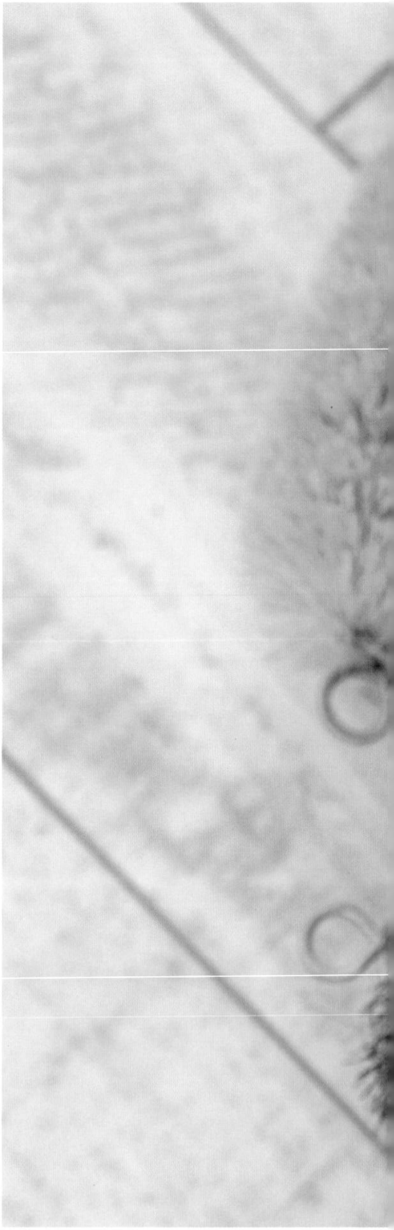

「從相信自己開始吧。」
人們總是這樣說，
但是我並不太懂。
總而言之，我試著從走路開始。

我活在世上的意義是什麼呢？

我幫助到了誰呢？

我要到什麼時候才能不是獨自一人呢？

我一邊思考這些事情，
一邊往下走。

這些刺一定不會消失，
當然也不會有變得鬆鬆軟軟的一天。

就算這樣也沒有關係，
總之就走吧。
一個人也沒什麼不好。

一個人的話，
可以在喜歡的時間
去想去的地方。

聽喜歡的音樂，
獨占整份想吃的東西。

但是，
還是很寂寞呀。

這樣也沒什麼不好，對吧？
獨自一人，
並不可憐。

一個人走著走著，變得越來越擅長和自己對話。

「早安。」

「今天發生了什麼好事嗎？」

我每天，都和我自己說話。

「持續地走路有改變了什麼嗎？」

「似乎沒什麼變耶。」

即使如此，我還是走了許多路。

走到眼淚盈滿眼眶，
走到站也站不直，
走著走著，
什麼都沒有改變，
只有圍繞著自己的景色變了。

突然，我停下腳步，
看著水窪裡反射的自己的影子，
不自覺地笑了出來。

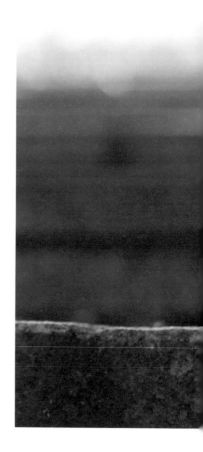

抬起頭，
看著無限延伸的
澄澈的天空，
又不小心笑了出來。

雖然什麼都沒有改變，
但我不再
那樣討厭我自己了。

相信自己
是怎樣的一回事，
笨拙的我
雖然還是不太清楚，
但如果又開始討厭起自己，就沒辦法繼續走了，
這樣的話，又會回到那些黑暗的日子。

現在
還是享受當下吧。

咦？
你問享受當下是什麼意思？

就是
當美麗的花綻放的時候，
去聞聞它的味道。

當星星升起的時候，
停下腳步，抬頭看看天空。

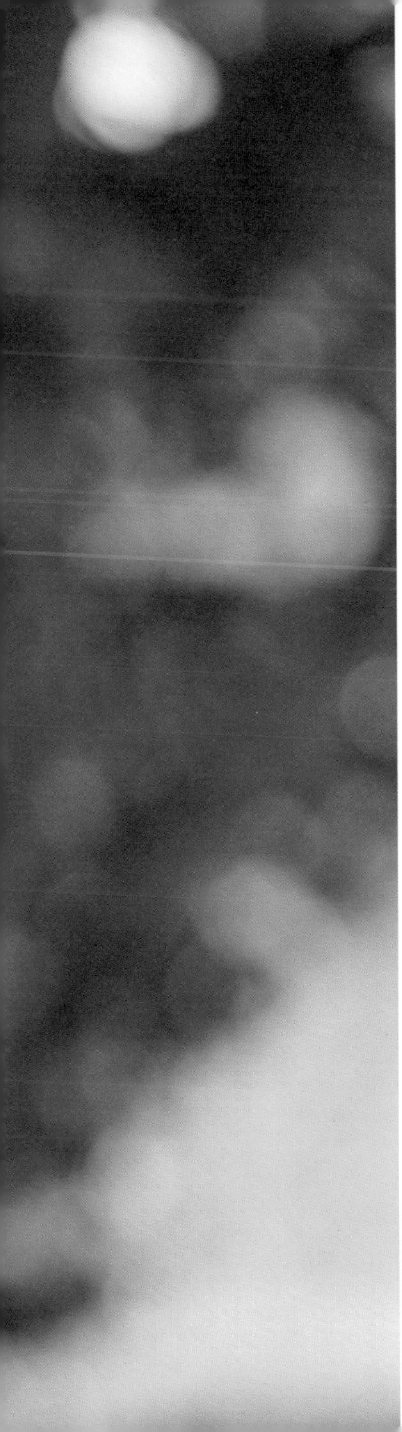

然後
我要享受當下，
就在我這樣想的時候，
你在這裡，
你找到了我。

插曲 2

為什麼刺蝟會如此地笨拙呢？

在寵物店第一次看到刺蝟的時候，我這麼想。

某一天，妻子突然說：「我想要和刺蝟一起生活看看。」並給我看了電腦上的圖片。我也覺得刺蝟很可愛，但是為什麼非得是刺蝟呢？像是兔子或是寵物鼠那樣，全身覆滿毛的柔軟動物應該還有很多才對。不是小時候養過的狗或貓，而是想和可以包覆在手掌裡面，那樣小小的、刺刺的動物一起生活。

「這裡有沒有刺蝟呀？」

不知道是否因為孩子們也開始感興趣，假日出門去商場時，也在寵物店裡尋找刺蝟的身影。但是刺蝟是種有些罕見的寵物，就連寵物店的店員也會歪頭思考。找了好幾間店後，我人生第一次摸到的刺蝟把自己縮成了一顆球。

牠不斷地用鼻子哼氣，威嚇著。

「這孩子已經有家了。」

店員這樣說。我只好和孩子們意興闌珊地回家，但回到家裡就起了念念不忘的心情。

雖然笨拙但非常可愛。

雖然背上刺刺的，但是肚子鬆鬆軟軟的，還會做出像是向你撒嬌的動作。

實際摸過刺蝟之後，我產生了興趣，也開始翻閱飼育手冊，開始瀏覽與刺蝟一起生活的人們的部落格。因為住家附近沒有動物醫院，於是我在搭電車數站內可以到的範圍內找到了幾間醫院，然後確認寵物店是否有販售全套的飼育用具，再次出發前往有刺蝟的寵物店。

「今天只有一隻小隻的刺蝟喔。」

「太好了。可以摸摸看嗎？」

就這樣，我們帶著家庭的新成員——刺蝟諾爾回家了。

第三章

雖然我沒辦法
為全心接納我的家人做些什麼事

我做了一個夢，
現在下著雨，
在像是要打雷那樣不太安定的空氣之中，
我走著。
即使一個人也已經不感到寂寞了，
我這樣說給自己聽。

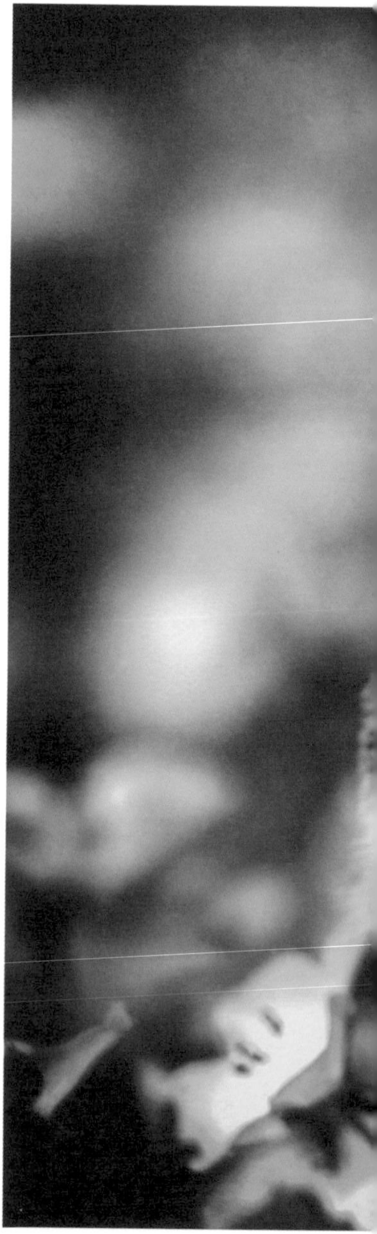

睜開眼睛，
感覺到正被溫暖的手掌包覆著，
這樣毫無防備的、
深沉的睡眠，
有多少年沒感受過了呢？

第一次見面的時候，
你溫柔地撫摸著我，
「刺刺的也沒有關係喔。」
你這樣說著。

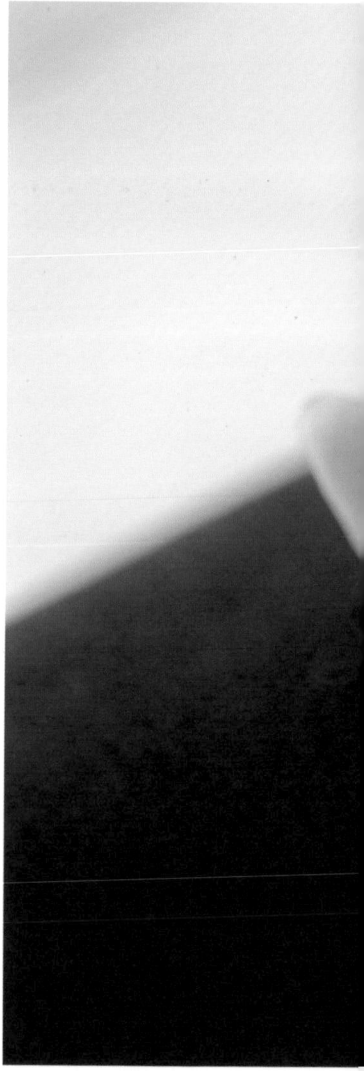

我第一次想要和誰成為一家人，
雖然我根本不知道家人是什麼。

到今天為止，
我都很討厭早晨，
不管怎樣都
很不喜歡
一個人醒來。

但自從有了家人，
我喜歡上了在早晨醒來的瞬間。

有孩子們玩樂的聲音，
盤子和盤子輕碰的聲音，
家裡的誰的打呼聲，
然後家裡的誰又在呼喊我的名字。

每天早晨，
有家人在叫我的名字。
即使失敗了，
有家人在旁邊守著我。

迷惘的時候，
有家人把我往前推一把。

有這樣的家人，
原來是如此幸福的事。

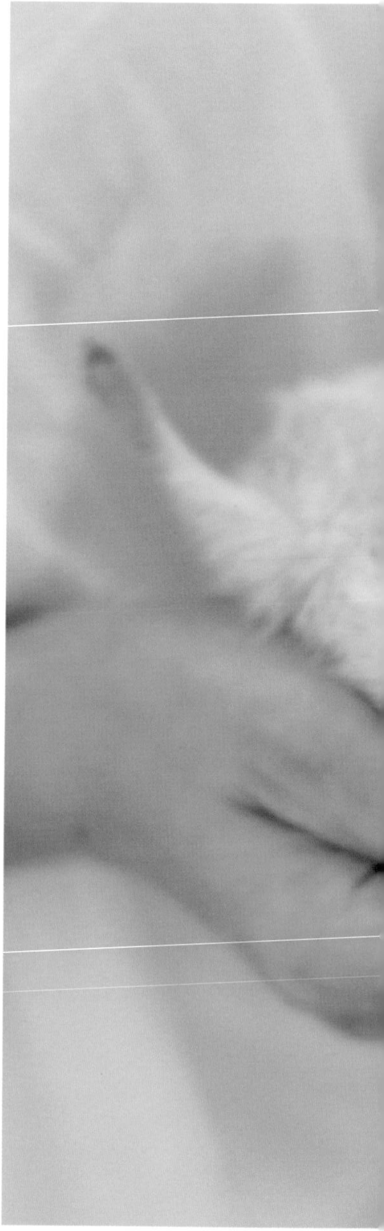

再告訴我多一點
讓你開心的事，
再告訴我多一點
讓你笑出來的事，
再告訴我多一點
讓你難過想哭的事。
我全部都會聽，
我會陪你一起笑、一起哭。
再告訴我多一點嘛！

這裡雖然沒有什麼我能做的事，
但是我可以聽你說話。

插曲 3

聽說刺蝟的眼睛沒辦法看得很清楚。
但是牠們的鼻子很靈敏，可以記住人身上的味道。
尖尖的耳朵也很靈敏，發出太大的聲響容易嚇到牠們。
當我們和諾爾漸漸地拉近距離，讓牠記得指尖的氣味和說話的聲音之後，就可以用兩手把牠撈起來。
為了不讓牠吃膩，我們每天都準備各式各樣的食物給牠吃。譬如把牠不愛吃的東西和愛吃的東西混在一起，或是餵牠吃最愛的活蟲子和雞胸肉鬆。

如果諾爾會說話，牠會說什麼呢？
「今天的飯好好吃喔。」
「我還想要去散步。」
牠不能像人類一樣使用語言交流。
也不能像狗或貓那樣揣測飼主的心情。

但是我似乎可以理解牠。

當牠發現有興趣的東西時，走著走著會停下來。
心情不好時，會縮成一團動也不動。

牠會動動鼻子，偶爾也會咬人。但不管發生什麼事，只要誠心面對牠，就會漸漸瞭解到各式各樣的事情。
我有這樣的感覺。

第四章

為我的新家人撒上一點愛與香料

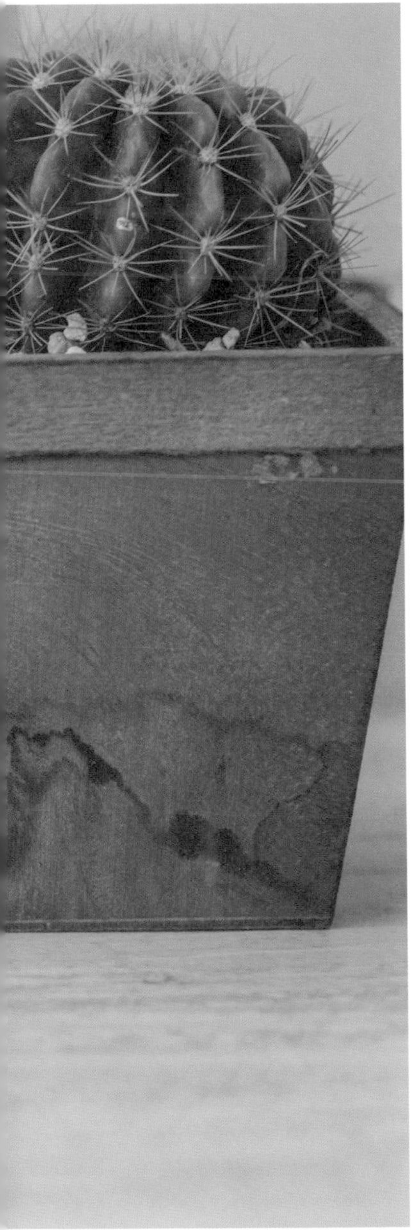

即使是家人，
聽到的也不只是
溫柔的話語而已喔。

正因為是重要的存在，
所以也有嚴格的時候；
正因為是不可取代的存在，
所以也有情感上針鋒相對的時候。

有時候也是需要添加一點香料的。

我有了家人，
我可以嗎？
這樣的我可以嗎？
我曾經這樣想。

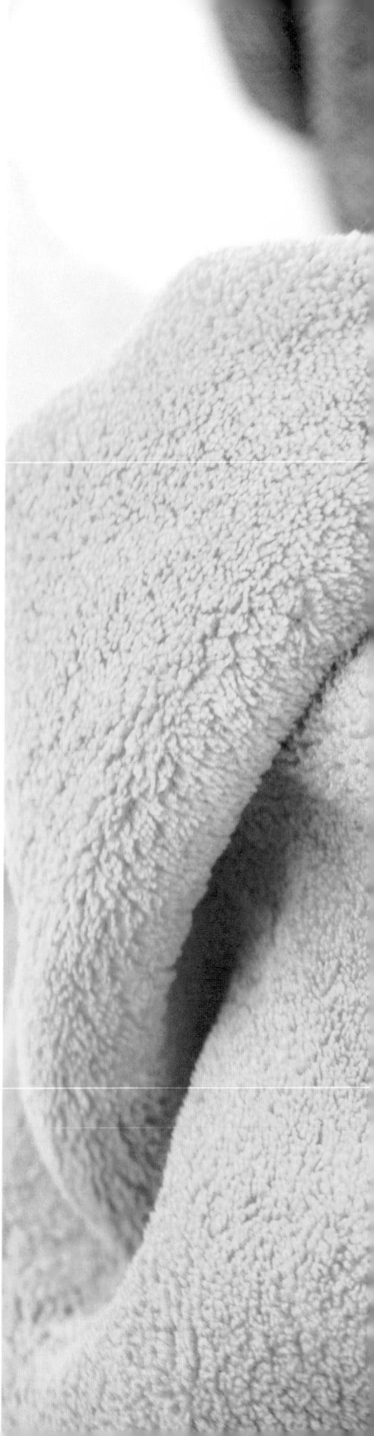

但是，
不管有沒有血緣上的連結，
不管是不是人類，
成為家人和這些事完全無關。

連結這種東西，
本來就是看不到的。

雖然也有看得到的連結，
但光是珍惜看得到的東西的話，

真正必須珍惜的東西，
反而會看不清楚。

然後，
我和另外一個
你
相遇了。

和以前的我一樣的你。

你也渾身是刺耶，
和我一樣耶，
不要生氣，
不要害怕。

向你搭話，
靠得太近，
不小心惹你生氣了。

我的鼻子被刺戳了一下，有點痛。

「不不不，
刺刺的也沒有關係喔。」

一起玩吧！
共同擁有一樣的時間，
面對面，
就只是黏在一起。

我們也許有
不同的價值觀、
不同的思考方式，
但只要我們在一起，
告訴對方自己的想法，
這才是最重要的。
然後我們聊聊天吧。

你也喜歡一個人嗎？
我也是喔，
一個人很簡單、很好。

沒有必要
一直和誰在一起呀。

但是呢，
因為擁有很重要的人，
我們才能夠一個人；
因為擁有可以回去的地方，
我們才能夠冒險。
我是這樣想的。

一個人也沒有關係，
能夠一個人獨處，
是堅強的證據喔。
但沒有逞強的必要。

最重要的是，
有沒有辦法把自己最珍惜的東西，
放在最重要的地方。

插曲 4

工作到半夜回家，往刺蝟住的箱子裡看的時候，我常常和諾爾對上眼。夜行性的刺蝟有時候會從房間跑出來蹭蹭你。

看著牠笨拙又膽小的身影會有些不安，但遠遠看牠吃著飯、坦著肚子睡覺的身影，「即使會生氣、會害怕，但肚子會餓、累了也會想睡覺這點，和人類其實一模一樣呀。」我又會不自覺地這樣想。

像這樣把小刺蝟諾爾的身影和自己重疊在一起，無聊的煩惱也一起消失了。

某一天，和妻子去寵物店買刺蝟飼料的時候，看到一隻小小的刺蝟縮成一團在睡覺。

當時我們和諾爾一起生活了一年左右，想到前陣子有說想再養一隻女生的刺蝟來當諾爾的家人。於是當天就帶著牠一起回家了。

現在我們和三隻刺蝟一起生活。

每隻刺蝟的個性都不一樣，非常有趣。孩子們對每天的變化樂在其中。

即使半夜才回到家，但是能夠被孩子們的睡臉療癒，一邊和還醒著的刺蝟們玩耍，一邊和妻子聊天，我非常珍惜這樣的時間，從今以後也要把這些當作最重要的事。我打從心裡這麼想。

第五章 我的刺不痛

即使出生的瞬間，
被家人守候著，

不管是誰，
死去時都有可能是一個人。

出生時被溫柔懷抱著，
一回神已經是孤獨一人。

死去的時候即使有誰在身邊，
在那之後還是孤獨一人。

在獨自一人
和獨自一人的
中間，
在孤獨
與孤獨
之間，
我們活著。

有了家人，
我變得不想死了。

我有明天也想見到的笑容，
想著還有更開心的明天。

當家裡的誰傷心地回到家，
帶著傷心的表情回到家，
就讓我輕輕地靠著你，
只想待在身邊陪伴你。

變得誠實、
成為誰的依靠、
被誇獎、
很舒服，
然後被守護著，
家就是這樣的地方。

即使不知道自己能夠做什麼，
但因為我被家人拯救了，
所以我想守護我的家人。

把「守護」如此了不起的事情
發出聲音，
好好地說出來，
告訴對方，
這就是
能夠成為家人這回事。

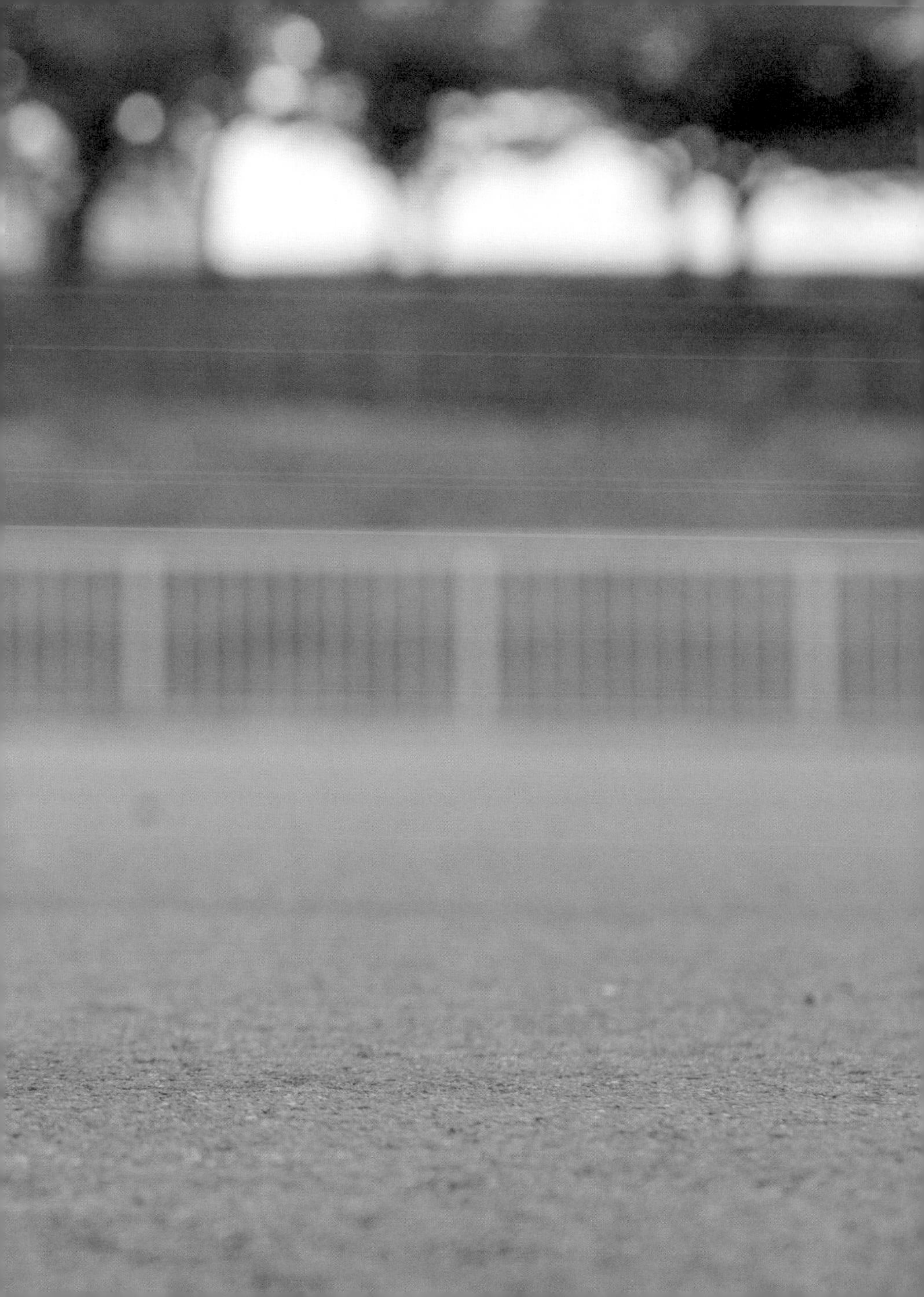

想要一直在一起，我打從心底這樣想。
總有一天分別的日子會到來，
這件事我大概也清楚，
只是心還是一下子就縮得小小的。

我的生命只有一次，
和大家一樣。
所以我想要好好地
告訴你：
謝謝你。
對不起。

我曾經以為我的刺很痛，
也曾經以為大家都討厭我，
但不是這樣的，
我其實被好好地愛著。

走出戶外，
去和誰見面這件事，
讓我發現
我也能理解自己。

為了理解自己，
背上的刺是必要的。
為了測量世界和自己的距離，
它是必要的。

我的刺不痛。

你的刺也不痛。

我會一直在你的心中。

後記

自從和刺蝟一起生活之後，其實說不上有什麼太大的改變。

刺蝟既不會像狗或貓那樣在房間跑來跑去，也沒有牽繩帶出去散步的必要。刺蝟從早上到傍晚都在房間裡窩著睡覺，晚上睡醒了就在滾輪上跑幾分鐘，累了就喝水、吃飯，然後又回去睡覺。向牠說話，牠既不會吠也不會叫。

但是把這樣的刺蝟輕輕放在手掌上時，牠的肚子溫暖又柔軟，時不時會伸出舌頭舔舔鼻子，用圓滾滾的眼睛直直地看著你。

即使背上的刺會刺刺的，但是只要牠心情穩定，就不會被刺到。慢慢地撫摸，牠會露出很舒服的表情，十分可愛。

我一定也是這樣，在一成不變的每一天裡面，渴望著一點點的變化。

自從和刺蝟一起生活之後，沒有什麼太大的改變。

但是，小小的改變是有的，例如家人對生物的興趣變多了。我晚歸時，常常能見到他們一邊抱著刺蝟，一邊望著我的身影。

家人們一點一點地改變，繼續和刺蝟過著日子。

家庭成員的增加也代表著責任的增加。獨自一人的時間變少了，但一個人思考的時間是必要的。

雖然每一天不會只有開心的事情，但我們總是受到誰的支持而活著。

渾身是刺也沒關係。

孤獨一人也沒關係。

刺蝟教會了我們許多事情。

shin5　於2017年10月

HEART
心|視野 心視野系列 043

刺蝟的刺不痛：

渾身是刺的我，也有資格幸福嗎？

ボクの針は痛くない

作　　者 shin5
譯　　者 陳翔
總 編 輯 何玉美
責任編輯 陳如翎
封面設計 楊雅屏
內文排版 職日設計

出版發行 采實文化事業股份有限公司
行銷企劃 陳佩宜．黃于庭．馮羿勳
業務發行 盧金城．張世明．林踏欣．林坤蓉．王貞玉
會計行政 王雅蕙．李韶婉
法律顧問 第一國際法律事務所 余淑杏律師
電子信箱 acme@acmebook.com.tw
采實官網 www.acmebook.com.tw
采實臉書 www.facebook.com/acmebook01

ISBN 978-957-8950-65-8
定　　價 300 元
初版一刷 2018 年 11 月
劃撥帳號 50148859
劃撥戶名 采實文化事業股份有限公司
104 臺北市中山區建國北路二段 92 號 9 樓
電話：(02)2518-5198
傳真：(02)2518-2098

國家圖書館出版品預行編目資料

刺蝟的刺不痛：渾身是刺的我，也有資格幸福嗎？/shin5 著；陳翔譯. -- 初版. -- 臺北市：采實文化, 2018.11
136 面；15×19 公分. --（心視野系列；43）
譯自：ボクの針は痛くない

ISBN 978-957-8950-65-8（平裝）

861.67　　107016346

Guest appearance：Shiba inu maru
Photographs：Yuichi Yokota, Jumpei Komashita, susipaku, Kazuki HIRO
Shooting cooperation：Lovegraph Inc.,PAKUTASO

采實出版集團
ACME PUBLISHING GROUP